가계도

손자손녀를 위한
할아버지 자서전

늘봄

이 도서의 국립중앙도서관 출판예정도서목록(CIP)은 서지정보유통지원시스템 홈페이지(http://seoji.nl.go.kr)와
국가자료공동목록시스템(http://www.nl.go.kr/kolisnet)에서 이용하실 수 있습니다.(CIP제어번호: CIP2016023156)

손자손녀를 위한 **할아버지** 자서전

지은이 / 조은경
펴낸이 / 조유현
편　집 / 이부섭
디자인 / 박민희
펴낸곳 / 늘봄

등록번호 / 제300-1996-106호 1996년 8월 8일
주소 / 서울시 종로구 동숭4길 9 (동숭동 19-2)
전화 / 02)743-7784
팩스 / 02)743-7078

초판발행 / 2016년 10월 15일

ISBN 978-89-6555-044-0 04800
978-89-6555-048-8(세트)

illusted by Freepik.com

※ 값은 표지에 있습니다.

손자손녀를 위한

할아버지 자서전

________________ 지음

사랑하는

____________________ 에게

손자손녀를 위해서

자서전을 시작합니다. 먼저 책을 끝까지 한 장 한 장 넘겨보세요. 질문의 답을 생각하며 옛일을 회상해보세요. 사실 할아버지에게는 금쪽같은 손자손녀에게 들려주어야 할 소중한 이야기가 많이 있습니다. 인생을 살아오면서 겪은 수많은 경험과 깨달음, 그때도 알았더라면 하는 아쉬움, 그리고 다시 젊어질 수만 있다면…. 할아버지가 '지금 알고 있는' 그 선험적 지혜를 손자손녀를 위해 여기에 한 줄 한 줄 담아주세요.

작가들은 첫 문장에 공을 많이 들입니다. 이 책의 첫 장은 이름을 적는 것으로 시작합니다. 요즘 아이들은 부모님 이름은 물론 자신의 이름조차 한자로 쓸 줄 모른다고 합니다. 그래서 할머니, 아버지, 어머니, 손자, 손녀의 이름 모두 한자로 크게 적어주세요. 자신들의 이름을 누가 지어주었는지, 성의 의미와 이름이 가문과 형제들과 어떻게 연결되는지도 설명해주세요. 지금 할아버지 아니면 영원히 알려줄 사람은 없습니다.

다음 장부터는 손자손녀가 물어봅니다.

"할아버지, 할아버지가 세상에서 제일 좋아하는 사람이 누구야?"
"할아버지는 어렸을 때 생일날 무슨 선물 받았어?"
"할아버지는 꿈이 뭐였어?"

초롱초롱한 그들의 눈을 바라보며 말해주듯 쉽게 써 주시면 됩니다.
이렇게 그들의 질문에 답을 찾아 할아버지의 지나온 일생을 한 줄 한 줄 기록해 나가다 보면 어느덧 자서전의 큰 줄거리가 완성되게 됩니다. 세상이 아무리 발전하고, 세상 모든 지식과 도서관의 책들을 인터넷에서 검색할 수 있다 하더라도 이 책은 오직 할아버지만이 답할 수 있는 단 하나의 소중한 책이 될 것입니다. 나아

가《명심보감》《채근담》《탈무드》보다 유용한 우리 집 가보로 전달될 것입니다.

이 책은 손자손녀 입장에서 호칭을 사용하였습니다. 써 나가시면서 모자란 칸은 매 장마다 마련된 빈 페이지에 이어서 쓰시면 됩니다. 불필요한 질문은 건너뛰시고 그 자리에 개인적으로 필요한 질문을 추가하세요. 먼저 연필로 쓴 다음 그 위에 만년필로 쓰세요. 만년필이 의외로 잘 써집니다.

부록으로 첨부한「작은 장례 실천서약서」와「사전의료지시서」에 관하여 당부와 양해의 말씀드립니다. 아시다시피「사전의료지시서」는 환자가 자발적 의사 표현을 할 수 있는 상태에서 작성하는 (연명치료를 하지 않겠다는) 의료유언장입니다. 미국 · 대만 · 오스트리아 등 여러 국가에서 법제화되어 있으며, 현재 우리나라에서는 선택적으로 시행되고 있습니다. 물론「작은 장례 실천서약서」와「사전의료지시서」모두 자신과 자녀들을 위해 그 필요성이 인정된다고 하더라도 아직 논란이 있는 만큼, 그리고 우리의 전통문화로서는 성급하고 불편하실 수 있어 조심스럽습니다. 또한 손자손녀에게 주는 책으로서는 어렵다 싶으시면 잘라내시기 바랍니다.

소문만복래(笑門萬福來)라고 하였습니다. '웃음소리가 담장을 넘는 집은 복이 들어온다.'는 말입니다. 어느 날 할아버지 할머니 슬하에 손자손녀가 둘러앉아 '하하호호' 하는 행복한 순간, 이 책도 함께 할 것을 기대합니다. 그렇다면 무엇보다 기쁘겠습니다.

2016년 가을 琴硯齋(금연재)에서

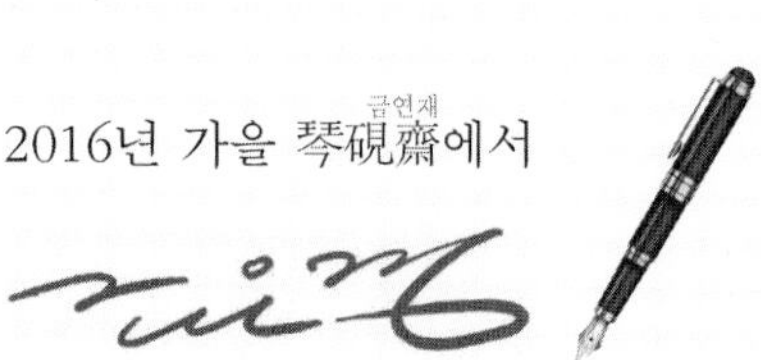

차 례

이름과 전통

자신의 가장 잘 나온 사진을 붙여주세요.
자서전 표지로 쓰거나, 신문에 낼 사진,
혹은 영정으로 사용할 수 있는 사진을 골라주세요.
날짜와 장소, 내용도 적어주세요.

할아버지의 탄생과 이름

이름 / 한자

생년월일 / 혈액형 / 종교

태어난 장소 (역사적 지리적 상황 등)

호, 아명, 애칭, 별명과 그 의미

할아버지의 멋진 사인 *Sign*

할아버지가 사용하셨던 도장들

나는 할아버지가 어떤 사람이었는지 잘 알지 못한다.
그러나 그분의 손자가 어떤 사람이 될 것인가에 대해 훨씬 관심이 있다. – 링컨

할아버지의 부모님 소개
(증조할아버지와 할머니)

증조할아버지 성함 / 한자

생신과 기일 ~

증조할머니 성함 / 한자

생신과 기일 ~

두 분에 대한 소개 (하시던 일과 존경하는 이유 등)

우리 가족 이름 한자

할아버지 :

할머니 :

외할아버지 :

외할머니 :

아버지 :

어머니 :

할아버지의 손자손녀들 :

One father is more than a hundred schoolmasters.
백 명의 스승보다 한 명의 아버지가 낫다.

(OO쪽에서 이어짐)

가장 오래된 사진을 붙여주세요. 기억나시는 내용도 적어주세요.

할머니 소개

이름 / 한자

생년월일 / 태어난 곳 / 혈액형

할머니를 소개해주세요. (부모,형제 등)

아버지 어머니 소개

아버지 이름 / 한자

생년월일 / 혈액형

태어난 곳

어머니 이름 / 한자

생년월일 / 혈액형

태어난 곳

아버지 어머니의 결혼 날짜와 장소

A mother's heart is always with her children.
어머니의 마음은 항상 아이들과 함께 있다.

할아버지의 자녀(3촌)들 소개

이름 (관계:) / 배우자

자녀(4촌)

이름 (관계:) / 배우자

자녀(4촌)

이름 (관계:) / 배우자

자녀(4촌)

이름 (관계:) / 배우자

자녀(4촌)

할아버지 가족사진을 붙여주세요.

우리 가문의 역사와 전통

가문 성씨의 본관과 파 소개

가문의 시조

가문의 역사적 인물

가훈

구전되는 조상 이야기

할아버지의 형제자매와 주요 친척들의 성함과 관계

이름 / 호칭

이름 / 호칭

이름 / 호칭

이름 / 호칭

이름 / 호칭

이름 / 호칭

出必告反必面(출필고반필면)
밖에 나갈 때 가는 곳을 아뢰고, 돌아와서는 얼굴을 보여드려라.

우리 집안의 제사와 명절

제사와 명절을 지내는 방법 (장소, 함께 하는 분 등)

우리집 제삿날과 그때 추모하는 분

/

/

우리집 명절 음식과 특별한 행사

우리집 전통음식 레시피

비법을 전해주신 분 :

비법을 물려받을 분 :

재료 :

요리비법 :

세상에 빛과 소금이 되어라. – 신약성서

(OO쪽에서 이어짐)

할아버지 가문, 친척들의
사진을 붙여주세요.

어린시절, 학창시절
그리고 청춘

할아버지 어린 시절

어린 시절 최초의 기억

어린 시절 고향의 풍경 (놀이터, 상점, 파출소, 학교 등)

어린 시절 기억나는 집안의 물건, 숨기놀이 장소

어린 시절 가장 친했던 친구 이름과 즐겨했던 놀이 (민속놀이 포함)

어린 시절 부모님께 받았던 기억나는 선물

특별히 아팠던 기억, 잊히지 않는 경험담

어린 시절 부모님에게 칭찬받고 자랑스러웠던 일

Home is home, be it ever so humble.
아무리 보잘 것 없어도 집은 집이다.

할아버지 어린 시절

어린 시절 부모님을 속상하게 했고 부끄러웠던 일

어린 시절 억울했던 일 그리고 나의 고백

부모님이 항상 강조하시던 격언, 충고의 말들

할아버지 어린 시절의 꿈, 하고 싶었던 일

어린 시절
사진을 붙여주세요.

할아버지 초등학교 시절

초등학교 이름

위치 및 등교방법

기억나는 친구들 이름

기억나는 선생님 이름과 이유

가장 좋아했고 잘했던 과목

재미있고 슬펐던 추억

할아버지 중고등학교 시절

중학교 이름

위치 및 등교방법

고등학교 이름

위치 및 등교방법

가장 좋아했고 잘했던 과목

가장 싫어하고 못했던 과목

기억나는 친구들 이름

기억나는 선생님 이름과 이유

중학교 시절
사진을 붙여주세요.

할아버지 중고등학교 시절

자주 싸가던 도시락 반찬과 간식거리

당시 존경하던 인물, 롤모델

장래희망, 직업관

할아버지의 짝사랑 혹은 즐거웠거나 슬펐던 에피소드

당시 유명했던 소설이나 영화, 대중스타에 대해서

고등학교 시절
사진을 붙여주세요.

할아버지의 청춘, 대학시절

20대 청년시절 무엇을 하였고, 어떤 고민과 계획을 가졌는지

20대 청년시절 많은 시간 노력했거나 즐겨했던 일

대학교 이름 / 전공

입학/졸업년도 ~

대학시절 에피소드

청춘 시절
사진을 붙여주세요.

할아버지 군대 시절

군 생활에 대해 (입대년도, 근무지, 근무연한, 군번, 주특기 등)

군 생활 중 가장 고생스러웠던 기억

기억나는 전우 이름과 추억

전쟁(6.25 전쟁, 베트남전 등)을 겪으셨다면 특별한 경험담 혹은 영웅담

할아버지 군대 시절
사진을 붙여주세요.

할아버지의 일과 직장

첫 직장 소개와 하셨던 일, 월급, 주 사용처 (당시 버스요금 등과 비교해서)

지금까지 가졌던 직장 혹은 직업을 모두 열거하면

경험상 일과 직장에서 성공하기 위한 조언

우리 집안 사람들의 재능, 잘 할 수 있는 일은?

직장생활
사진을 붙여주세요.

(OO쪽에서 이어짐)

학창시절, 군 시절
사진을 붙여주세요.

가족의 탄생

사랑과 결혼

할머니와 언제 어디서, 어떻게 처음 만나셨는지

데이트 장소, 방법, 잊지못할 순간

할머니에게 했던 선물 중 기억나는 것

할머니에게 받았던 선물 중 기억나는 것

당시 할아버지가 할머니에게 한 멋있는 대화, 내용은?

프로포즈는 어떻게

Marriage is easy, housekeeping is hard.
결혼하기는 쉬워도 살림하기는 어렵다.

(OO쪽에서 이어짐)

결혼식 사진을 붙여주세요.

사랑과 결혼

결혼한다고 했을 때 집안, 종교 등 문제는 없었는지

결혼식 날짜, 장소와 주례의 말씀

신혼여행의 추억

신혼여행
사진을 붙여주세요.

자녀의 탄생
(손자손녀의 아버지, 어머니)

아버지(어머니)가 태어났을 때 기억나는 일 (태몽, 태어난 곳, 첫 느낌 등)

아버지(어머니)를 키우면서 기억나는 일 (성격, 습관, 사건사고, 형제관계 등)

아버지(어머니)는 누굴 닮았나, 어떤 점

아버지(어머니)가 좋아했던 것, 싫어했던 것 (음식, 반찬, 놀이 등)

아버지(어머니)를 크게 칭찬했던 일, 야단쳤던 기억

아버지(어머니)에게 많이 했던 말들 (당부, 잔소리 등)

A father lives after death in his son.
아버지는 죽어서도 그 아들 속에 살아있다.

(○○쪽에서 이어짐)

자녀의 돌, 또는 어린시절
사진을 붙여주세요.

추억과 소망

할아버지의 추억

할아버지가 겪었거나 영향을 받은 역사적 사건

할아버지가 어렸을 때 겪은 천재지변이나 사건사고

잊을 수 없는 여행, 좋았던 여행

지금 꼭 가보고 싶은 곳과 이유

할머니, 아버지, 어머니, 손자, 손녀에게 상처받았던 말이나 행동

Father's virtue is the best heritage for his child.
아버지의 덕행은 최상의 유산이다.

할아버지의 추억

인생에서 가장 고마운 분과 이유

큰 신세를 진 분, 돈 빌려주고 못 받은 적이나 크게 도움을 준 분

친한 친구와 찍은
사진을 붙여주세요.

할아버지의 취미

가장 좋아하는 운동이나 취미활동

앞으로 해보고 싶은 운동이나 취미활동

받아본 상 중 제일 큰상과 출전했던 대회

특별히 수집하는 물건이 있다면 (우표, 동전, 골동품, 미술작품, 음반, 책, 프라모델 등)

현재 소장하고 있는 것 중 가장 소중한 물건은

(OO쪽에서 이어짐)

소중한 물건
사진을 붙여주세요.

할아버지의 종교, 정치적 성향

존경하는 인물이나 대통령, 지난 선거 때 투표한 후보

- 외국:

- 국내:

- 대통령:

애독하는 신문이나 잡지

종교와 신앙생활에 대해서

내리사랑은 있어도 치사랑은 없다.

할아버지가 좋아하는 것들

감명을 받았거나 손자손녀에게 추천하고픈 책 3권

감명 받았던 영화 3개, 대사 등

잘 부르는 노래는

가장 좋아하는 음식

한식 : / 중식 :

양식 : / 일식 :

기타 :

못먹거나 싫어하는 음식

좋아하는 음료와 간식

좋아하는 술과 담배(이름과 양)

눈먼 자식 효도한다.

할아버지가 좋아하는 것들

단골 술집이나 카페 혹은 식당

가장 좋아하는 것들

꽃 : / 동물 : / 색깔 :

계절 : / 음악 : / 뮤지컬 :

드라마 : / 대중 스타 : / 예술가 :

기타 :

잘 할 수 있는 음식이 있다면

지금 정기적으로 참여하는 일이나 모임

부모 배 속에는 부처가 들어 있고 자식 배 속에는 범이 들어 있다.

근래 자주 만나는 지인들

이름 : / 연락처 :

관계 :

이름 : / 연락처 :

관계 :

이름 : / 연락처 :

관계 :

이름 : / 연락처 :

관계 :

지인들과 함께 찍은
사진을 붙여주세요.

꼭 남기고 싶은 당부의 말

아버지, 어머니에게

손자, 손녀에게

지금 특별히 아픈 곳이 있거나 질병에 관한 가족력과 주의사항

그리고 나를 부탁한다

부모상에는 먼 산이 안 보이더니 자식이 죽으니 앞뒤가 다 안 보인다.

(OO쪽에서 이어짐)

년　　　월　　　일

서명

추억 가득한 사진을 붙여주세요.

부 록

사전 의료 지시서
작은 장례 실천서약서

사전의료지시서

이 름 : ____________ / 주민등록번호 : ______________________

주 소 : ______________________________________

위 본인은 현재 위 주소지에 거주하고 있으며, 맑은 정신인 상태에서 의료 상 어떤 부득이한 사정으로 인해 본인의 자의적 의사표시가 불가능해질 경우를 대비해 본인을 치료하는 담당 의사와 가족들에게 '사전 의료 지시서'를 아래와 같이 남기니 본인의 소망대로 실행해주기 바람.

- 아 래 -

본인이 의식이 없어진 상태가 되더라도

1. 기도삽관, 기관지 절개술 및 인공기계 호흡 치료법을 시행하지 말 것.
2. 항암 화학요법을 시행하지 말 것.
3. 인공영양법, 침습적인 치료술을 시행하지 말 것.
4. 탈수와 혈압 유지를 위한 수액요법과 통증관리 및 생리기능 유지를 위한 완화치료는 계속 희망하지만,
5. 임종 시 혈압상승제와 심장 소생술은 하지 말 것.
6. 그 외 여기에 기술되지 않은 의료 내용은 '대한의학회'에서 공인하고 있는 최근 '임종환자 연명치료 중단에 관한 의료지침'에 따라 결정하고 의료진과 가족 그리고 법의 진행인은 본인의 자유로운 의사로 기술한 이 지시서와 환자로서의 본인의 권리를 존중해주기 바람.

위에 기술한 본인의 '사전 의료 지시서'의 내용이 누구에 의해서도 변형되지 않기를 원하며, 이 지시서가 법적인 효력을 유지하고 담당 의료진의 법적 면제와 보호권을 구비하는 데 도움이 되기를 소망함.

20_____년 _____월 ______일

[본 인] 이름 : ____________ 지장: ____________

[가족증인] 이름: ____________ 날인: ________ 관계: ____________

※ **자세한 사항은 병원이나 관계기관에 문의하세요.**

작은장례실천서약서

나에게 사망진단이 내려진 후 나를 위한 여러 장례의식과 절차가 내가 바라는 형식대로 치러지지를 원해 나의 뜻을 알리고자 이 서약서를 작성합니다. 나를 위한 여러 장례의식과 절차를 아래와 같이 해주기 바랍니다.

수의 - 평소에 즐겨 입던 옷으로 대신해주기 바랍니다. ( )
- 검소한 수의를 선택하여 주기를 바랍니다. ( )

관 - 종이관을 선택해주시기 바랍니다. ( )
- 소박한 관을 선택해주기를 바랍니다. ( )

음식대접 - 간단한 다과를 정성스럽게 대접해주기를 바랍니다. ( )
- 음식 등을 잘 대접해주기 바랍니다. ( )

시신처리 - 화장해주기를 바랍니다. ( )
· 인공 봉안시설 : 봉안(납골)당, 기타 ( )
· 자연장 ( )
- 내가 이미 약정한대로 기증하기를 바랍니다. ( )
- 매장해주기를 바랍니다. ( )

기타 의견 (부고, 부조금, 장례기간, 염습, 장례식 등)

____

____

작은 장례 실천 동기	□TV □라디오 □신문 □잡지 □늘봄 자서전 시리즈 □헌혈을 계기로 □인터넷 □주위의 권유 □기타

______ 년 ____ 월 ____ 일 실천서약자 성명 ________ / 서명 ________

생년월일 ________________ / 연락처 ________________

주소 ____

남편 입장에서 남편의 가족 호칭

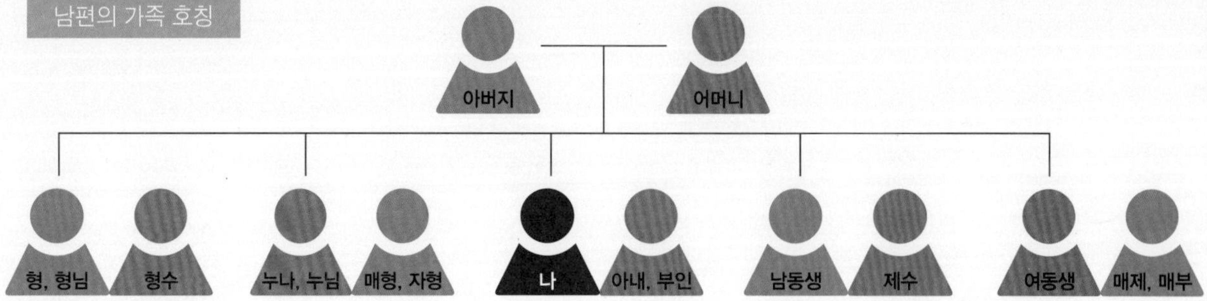

남편 입장에서 아내의 가족 호칭

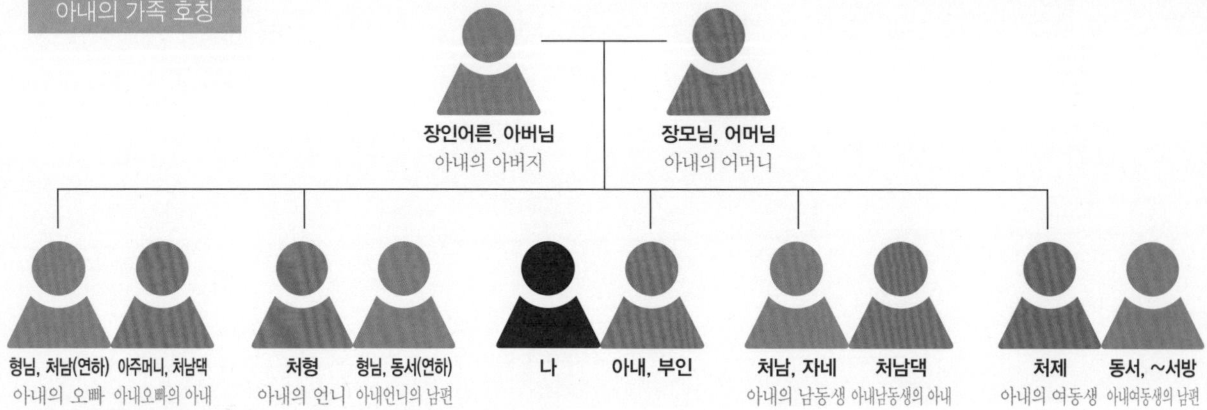

친가 가족 호칭

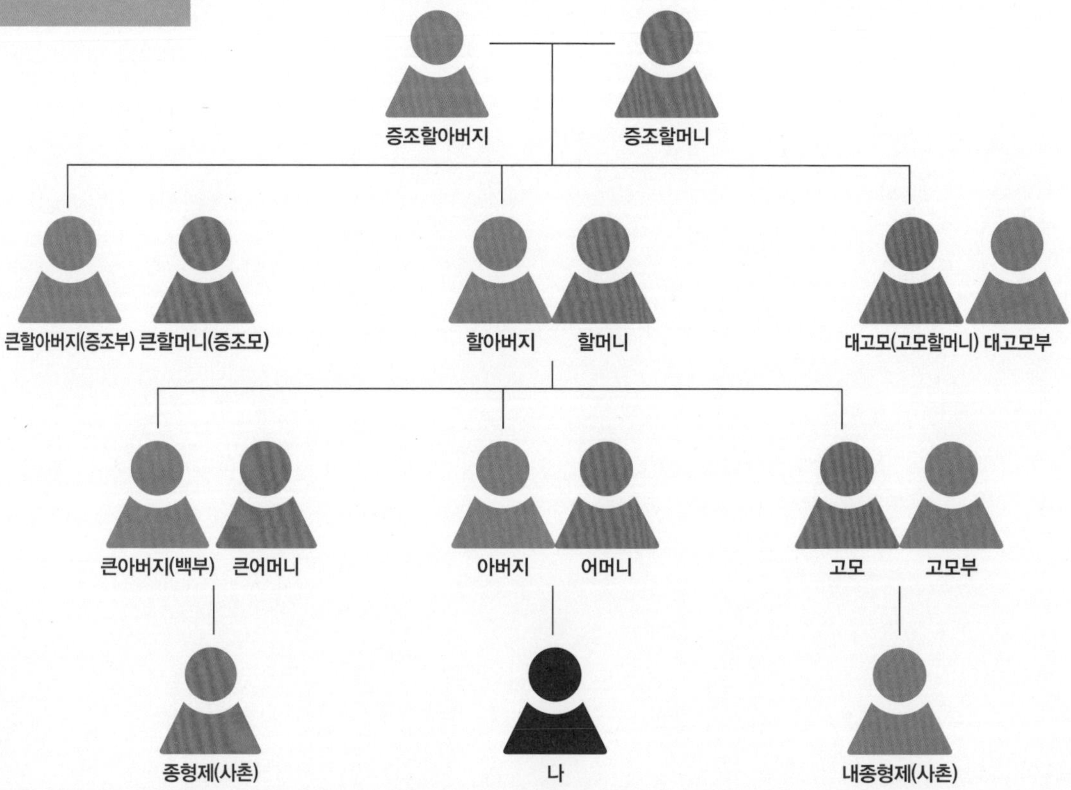